TUBUTSCH

ALBERT EHRENSTEIN

Mein Name ist Tubutsch, Karl Tubutsch. Ich erwähne das nur deswegen, weil ich außer meinem Namen nur wenige Dinge besitze . . .

Es ist nicht die Melancholie und Bitterkeit des Herbstes, nicht die Vollendung einer größeren Arbeit, nicht die Benommenheit des aus langer, schwerer Krankheit dumpf Erwachenden, ich verstehe überhaupt nicht, wie ich in diesen Zustand versunken bin. Um mich, in mir herrscht die Leere, die Öde, ich bin ausgehöhlt und weiß nicht wovon. Wer oder was dies Grauenvolle heraufgerufen hat: der große anonyme Zauberer, der Reflex eines Spiegels, das Fallen der Feder eines Vogels, das Lachen eines Kindes, der Tod zweier Fliegen: danach zu forschen, ja auch nur forschen zu wollen, ist vergeblich, töricht wie alles Fahnden nach einer Ursache auf dieser Welt.

Ich sehe nur die Wirkung und Folge. Daß meine Seele das Gleichgewicht verloren hat, etwas in ihr geknickt, gebrochen ist, ein Versiegen der inneren Quellen ist zu konstatieren. Den Grund davon, den Grund meines Falles vermag ich nicht einmal zu ahnen, das Schlimmste: ich sehe nichts, wodurch in meiner trostlosen Lage eine wenn auch noch so geringe Änderung eintreten könnte. Weil eben die Leere in mir eine vollständige, sozusagen planmäßige ist bei dem beklagenswerten Fehlen irgendwelcher chaotischer Elemente. Die Tage gleiten dahin, die Wochen, die Monate. Nein, nein! nur die Tage. Ich glaube nicht, daß es Wochen, Monate und Jahre gibt, es sind immer wieder nur Tage, Tage, die ineinanderstürzen, die ich nicht durch irgendein Erlebnis zu halten vermag.

Wenn man mich fragte, was ich gestern erlebt habe, meine Antwort wäre: „Gestern? Gestern ist mir ein Schuhschnürl gerissen.“

Vor Jahren, riß mir ein Schuhschnürl, fiel ein Knopf ab, war ich wütend, erfand einen eigenen Teufel, der diesem Ressort vorstand, und gab ihm sogar einen Namen. Gorymaaz, wenn ich mich recht entsinne. Reißt mir heute unterwegs ein Schuhschnürl, danke ich Gott. Denn nun darf ich mit einiger Berechtigung in ein Geschäft treten, Schuhschnürln verlangen, die Frage, was ich noch wolle, mit: „Nichts!“ beantworten, an der Kasse zahlen und mich entfernen. Oder aber: ich kaufe einem der unerbittlich: „Vier Stück fünf Kreuzer!“ schreienden Knaben seine Ware ab und werde von mehreren Leuten als Wohltäter angestaunt. Auf jeden Fall vergehen dadurch etliche Minuten, und das ist auch etwas!

Man sage nicht, ich sei wohl besonders geschickt darin, Langeweile zu empfinden. Das ist nicht richtig. Ich habe von jeher die außerordentliche Fähigkeit besessen, ich war von jeher mit dem Talent dotiert, die Zeit zu vertreiben, unter allen denkbaren Beschäftigungen die exotischeste ausfindig zu machen.

Beweis dessen: als ich unlängst in die Gansterergasse gehen sollte, trat ich auskunftheischend an einen Wachmann heran, obwohl mir die Lage des genannten Straßenzuges unbekannt war. Da nun machte ich eine wichtige Entdeckung, die mir geeignet erscheint, mehrere Weltgesetze zu erschüttern.

Der Wachmann roch nach Rosenparfüm. Man bedenke: ein parfümierter Wachmann. Welch eine contradictio in adjecto! Im ersten Augenblicke traute ich meiner Nase nicht. Zweifel an der Echtheit des Sicherheitsmannes stiegen in mir empor. Vielleicht hatte ein geriebener Verbrecher, um den Nachforschungen zu entrinnen, ein Usurpator sich in die Uniform eines Polizisten gehüllt. Erst die Auskunft überzeugte mich von seiner Echtheit. So delphisch war sie. Jetzt galt es herauszubekommen, ob vielleicht alle Sicherheitsleute — etwa infolge einer neuen Verordnung — Wohlgerüche zu verbreiten hatten oder ob der eine mit dieser Eigenschaft allein stand und damit sozusagen auf eigene Verantwortung handelte. Ohne Murren unterzog ich mich der weitläufigen Aufgabe. Eine Dissertation, oder noch besser, ein Essay: „Von den Wachleuten und ihren Gerüchen" schwebte mir vor . . . Polizist um Polizist ward beschnuppert, zwar kein zweiter Schandfleck seines Standes gefunden, immerhin aber festgestellt, daß kein einziger einen englisch gestutzten Schnurrbart besaß. Eine Beobachtung, die sich an ähnlicher Bedeutung für die Wissenschaft nur mit einer anderen messen kann, die zu machen mir vor kurzem nach unsäglicher Mühe gelang. Nämlich: daß kein einziges Säugetier grün gefärbt ist.

Ob jener Polizist durch ein Dienstmädchen oder anderweitig-eigenes Verschulden zu seinem Geruche kam, dies festzustellen, mangelte mir der Mut. Und aus der Abhandlung „De odoribuz polyporum" wurde nichts. Ich traute mich nicht, ihn zu fragen. Weil ein Sicherheitsmann, der nach Rosen roch, ein so außerordentlicher Sicherheitsmann, wenn nicht den „Raskolnikow", so doch ganz gut „Schuld und Sühne" gelesen haben konnte. Und wissend, welch spannenden Kitzel es manchem Verbrecher bereite, sich zu martern und die Behörden zu eludieren, mich dann einfach als einen den Schauplatz seines Frevels frivol umkreisenden Missetäter verhaftete. Und mir das Geständnis, das beschämende Geständnis meiner Unschuld bevorstand.

Ähnliche Feigheit, wie dem Wachmann gegenüber, verhinderte mich auch, andere Rätsel völlig zu lösen, die zu wittern, denen nachzugehen mir einzige Beschäftigung und Lebensinhalt ist. Auf meinen Streifgängen kam ich oft an einer Gemüsefrau vorbei, einem Weibe mittleren Alters von ordinärem Aussehen und realistischer Ausdrucksweise. Sie führt hauptsächlich grüne Erbsen. Eine Kunde, die von diesem Artikel gekostet hatte, dann aber achselzuckend fortging, ohne zu kaufen, erhielt von ihr Titel, die denen irgendeines orientalischen Herrschers weder an Berechtigung noch an Mannigfaltigkeit nachstanden. Aber ein alter Spatz nascht täglich ungestraft, nie verscheucht von den Erbsen, pickt die Schoten an und schmaust die Körner. Und noch nie hatte ich die Courage, die Grünzeughändlerin zu fragen, ob sie vielleicht Witwe sei. Denn der Gedanke ist nicht von der Hand zu weisen: der Spatz ist niemand anderer als ihr verstorbener Gatte, der sie besuchen kommt und — o ahnungsvolles Unterbewußtsein — von ihr gefüttert wird!

Infolge meiner Schüchternheit werde ich niemals Klarheit darüber erringen.

Ebensowenig über das Schild eines Schusters. „Engelbert Kokoschnigg, bürgerlicher Schuhmachermeister zu den zwei Löwen. Gegründet 1891." Welträtsel sind schwer zu lösen. Wochenlang zermarterte ich mir vergebens den Kopf, warum wohl der ehrsame Handwerker dieses doch nur einem Wirt zustehende Schild führte. Sollte durch diesen Übergriff die vermutlich mit der Geschäftsgründung zusammenfallende Eheschließung verherrlicht werden und einer der brüllenden Löwen die Schusterin sein? Oder war in jenem Jahre ein Dompteur von Weltruf in Wien gewesen, in den Strudel seiner Berühmtheit auch diese Bürgersleute reißend?

Wenn ich diesem unerträglichen Dilemma ein Ende machen, den Meister selbst ungestraft interviewen wollte, müßte ich mir unbedingt bei ihm ein Paar Schuhe machen lassen. Und das wäre wiederum, abgesehen von meinem immer chronischer werdenden Mangel an gebräuchlichen Zahlungsmitteln, schwarzer Verrat an meinem Leibschuster, dem alten Peter Kekrewischy, der mir schon so oft mit seinen Erzählungen die Zeit vertrieben hat.

Gut, er und seine Werke sind etwas altväterisch, er grüßt noch: „Mein Kompliment!", und wenn ich etwas von ihm haben will, sagt er: „Ja, mein Herzerl!" Aber er ist gütig wie der Kanarienvogel, der in seiner Kokosnußschale uns lauscht, mit seinem Gesang unterbricht und sich dann durch einen zuckerwärts geführten Schnabelhieb belohnt. Und die Reden des Schusters sind auch wie ein Gesang, wie ein leiser Gesang der Resignation. In Klausenburg ist er geboren, das Untergymnasium hat er dort absolviert, war der beste Schüler, dann ist ihm der Vater gestorben, und der Vormund, ein Fleischhacker, hat ihn nicht weiterstudieren lassen. In den Ferien mußte der Knabe in der Fleischbank mithelfen, und als er dann zum Gymnasialdirektor ging, wollte ihn der nicht aufnehmen, weil die Mitschüler einen, der Fleisch ausgetragen hatte, ewig hänseln würden und auch die Anstalt das Dekorum zu wahren habe . . . Der Vormund hat ihn dann zu einem Schuster in die Lehre gegeben, weil die Fleischerburschen ein Gymnasiasterl nicht unter sich dulden wollten und ihm selbst der Beruf viel zu ekelhaft gewesen sei. Gar das Blutvergießen! Aber im Jahre 48, wie die Klausenburger auch ihren Rummel haben mußten, hätte er doch tüchtig mitgetan, allerdings bei der Musikbande.

Ein Mitschüler, der schlechtere Noten hatte als er, wurde Direktor der Wiener Sternwarte, und ein paar Schritte von ihr entfernt, sitzt in einem pappriechenden, finsteren Kammerl ein Mann, dessen Frau bedienen geht, dessen einzige Tochter in Agram verheiratet ist, ein Mann, zu alt, zu sanft, zu arm, um sich einen Gehilfen halten zu können, ein Mann, der nach vielem Bitten froh sein muß, wenn ihm die Kunden seiner langsamen Arbeit wegen nicht weitergehen.

Jetzt hat ihm übrigens die Frau einen kleinen Nebendienst verschafft. Täglich sehe ich den schwachen Mann mit seinen zitternden Händen eine Gelähmte spazieren fahren. Dafür kriegt er etwas Kleingeld und darf sich dann am Sonntag nicht etwa ein Gläschen Wein gönnen, nein! aus der Bibliothek der Gelähmten ein Buch aussuchen und die halbblinden Augen durch den kleinen Druck ganz zugrunde richten, während ein anderer: Hofrat, Baron, Komtur des Franz-Josef-Ordens etc. dafür bezahlt wird, daß er die ewigen Sterne auf die Erde herabzieht, in einem leibhaftigen Fiaker fährt, geradezu in Saus und Braus lebt — aus keinem anderen Grunde, als weil er keinen Vormund besaß, der Fleischhauer war.

Dies ist mein einziger Verkehr, ein alter Schuster und, richtig! noch ein zugrunde gegangener Huterer an dem nichts bemerkenswert ist, außer daß er mit dem Kaiser Max nach Mexiko geriet. Er weiß von diesem Lande sonst nichts zu sagen, als daß es dort sehr heiß war. Nichtsdestoweniger ist er in meinen Augen ein Mann von Bedeutung, ich habe keinen in meiner Bekanntschaft, der weiter herumgekommen wäre als er . . . und etwas Exotisches weht um ihn, wenn er sagt: „Ja, in Veracruz!“ und ich ihn pflichtgemäß frage, was es denn an diesem Orte gegeben habe, und er dann seinen einzigen Witz macht: „Ja, in Veracruz, da hams keinen so guten Sliwowitz g’habt wie hier.“ . . . Ich bin gehalten, darüber zu lachen, darf es mir mit ihm nicht verderben. Er ist Armenrat, und vielleicht setzt er es doch endlich durch, daß ich Wiener Bürger werde. Ich könnte die kleine Pfründe dereinst gut brauchen . . .

Einen Bekannten hatte ich noch, einen o-beinigen Doctor philosophiae, der vor lauter Fleiß auch den Abiturientenkurs der Exportakademie absolviert hat und unglaublich viel Sprachen kann. Er heißt Schmecker, ist bei der Zentralbank in Kondition, strebert was Zeug hält und gönnt sich keinen Urlaub. Ich meinte deswegen einmal zu seiner Glatze: „Ja, mein Lieber, es hat auch seine Schattenseiten, wenn man als Bankdirektor enden will.“ Bankdirektor muß der wirklich werden, aber das „Enden“ hat ihm die Freude im vorhinein versalzen, und wenn er mich von weitem sieht, komm’ ich näher, schaut er weg.

Früher besaß ich auch einen entfernten Verwandten, den Agenten Norbert Schigut. Einmal traf er mich unangemeldet auf der Straße und teilte mir ohne jede Aufforderung — offenbar wollte er allen Gerüchten zuvorkommen — in einem triumphierenden Tone mit, seine Frau sei ihm zwar unlängst durchgegangen, bald aber wieder reuig zu ihm zurückgekehrt. Ich sagte, das komme oft vor. Auch ich hätte zuerst mit Stahlfedern geschrieben, sei dann zur Füllfeder übergegangen, um enttäuscht wieder auf die Stahlfeder zurückzugreifen, ohne deswegen die Hoffnung aufzugeben, dereinst in den Besitz einer Schreibmaschine zu gelangen. Er erwiderte arglos, das hätte wohl in der schlechten Qualität der Füllfeder seine Ursache gehabt und träfe es sich direkt ausgezeichnet, daß er gerade jetzt die Vertretung einer erstklassigen amerikanischen Füllfedermarke besitze. Ich bekam einen unendlichen Lachkrampf, überlegte noch, ob ich mir nicht ein Bisserl von dem Lachen einwickeln und für die Tage der Trostlosigkeit aufheben solle. Da ging auch schon der komische Mensch fort, beleidigt, als hätte ich ihn durch mein Gelächter in seiner — kaufmännischen Ehre angreifen wollen. Seitdem sind wir nicht mehr verwandt.

Allein irre ich in der großen Stadt umher. Niemand schenkt mir Beachtung. Höchstens hie und da ein auf dem Dache eines vorbeifahrenden Geschäftswagens ängstlich herumlaufender Pintscher, der bellt mich an. Ich hätte oft Lust, zurückzubellen. Leider verbietet das der Anstand. Man muß das Dekorum wahren. Und so kann ich auch zu diesem Pintscher nicht in nähere Beziehungen treten.

 Früher habe ich geschrieben. Aber als ich das letztemal einen Blick ins Tintenfaß warf, lagen darin zwei Fliegen. Ertrunken.

Was da vorgefallen war, ein Doppelselbstmord aus Liebe . . . oder ein Absturz in den Glasbergen infolge ins Rollen geratener Staubkörner . . . das ließ sich nicht mehr eruieren. Das Wort: „Ruhm" zerbarst mir; wer weiß, was diese Fliegen für ihr Volk gewesen waren! Ein Grauen überkam mich, es abzuschütteln ging ich ins Freie, geriet in die Nähe der Kahlenbergbahn und sah — neben dem einem Bahnbediensteten gehörigen ärmlichen Hause — auf einem Misthaufen einen alten und einen jungen Hahn miteinander um die Weltherrschaft kämpfen. Ganz hingenommen von diesem Ereignisse ging ich heim, und wunderte mich am nächsten Morgen sehr, in keiner Zeitung die kleinste Notiz über diesen Gigantenkampf um die Hegemonie auf dem Düngerhaufen zu finden. Gar die Nachricht von dem erschütternden Ableben der beiden Fliegen dürfte überall erst nach Schluß des Blattes eingetroffen sein.

Die zwei Hähne hatten ihren Kampf mit dem Aufgebot aller Kräfte geführt, es war keiner jener betrügerischen Schauringkämpfe gewesen, alles war gewiß ehrlich zugegangen, und doch kein Wort! Vielleicht ebendeswegen . . . Sohin hätte eigentlich für mich die Verpflichtung bestanden, alle Blätter der Welt zu berichtigen. Aber bei dem diametralen Gegensatze der Weltanschauungen, der mich von den Herausgebern mehr oder minder illustrierter Publikumsblätter trennt, bei der Verschiedenheit der Dinge, die sie und ich wichtig zu nehmen organisiert sind, war es ziemlich fraglich, ob ich mit meiner Ansicht durchdringen würde.

Ja, wenn die abgestürzten Fliegen Besitzer eines Powidlbergwerkes gewesen wären und Pollak von Parnaß geheißen hätten, die Hähne . . . der österreichische Vorkämpfer, Schachmeister Papabile, und der andere der präsumtive champion of the world . . . dann hätte man sich nicht auf die Straße wagen können, ohne bei jedem zweiten Schritt aus dem Hinterhalte der Trafikauflagen hervor von den Alltagsgesichtern dieser Heroen angeglotzt zu werden.

Aber bleiben wir lieber unter uns und erledigen wir unsere Angelegenheiten selbst. Bezüglich der Hähne konnte ich ja nichts mehr veranlassen, es wäre auch mir, dem Autor, ferngelegen, etwa Partei zu nehmen und gewaltsam in den Gang der Schlacht einzugreifen. Ebenso fern wie etwa den Schlummer der zwei ins bittere Tintenfaß des Todes gefallenen Fliegen durch eine Exhumierung und darauffolgende Feuerbestattung zu entweihen . . . . Ich beließ sie an dem Ort, wohin sie das Schicksal geworfen.

Angesichts des eben geschilderten Unbekanntbleibens kühnster Heldentaten wird niemanden mein gerechter Entschluß überraschen: alles, was ich in Hinkunft noch aufzuzeichnen habe, um es sozusagen noch vergänglicher zu machen, mit Bleistift niederzuschreiben.

Eher kann man mir Selbstsucht nachweisen in meinem pietätvollen Vorgehen den Fliegen gegenüber. Denn was kann besser zu meiner Stimmung passen als der für andere, robuster Geartete vielleicht gar nicht wahrnehmbare Geruch ihrer Verwesung?

Jetzt habe ich einen Anlauf genommen und mir ein Straßenverzeichnis gekauft. Ich hätte das schon früher tun sollen. Leute wie ich, deren Schwerpunkt außer ihrem Selbst liegt, irgendwo im Universum . . . jedem Eindruck hingegeben sind wie Wachs die müssen ihr Sensorium unaufhörlich füttern, und sei es mit Geschäftsschildern, um über die gähnende Leere hinwegzukommen.

Ich reise im Kleinen. Tirol ist ein schönes Land, aber es werden dort bald die Baedeker auf den Bäumen wachsen, und die meisten gar reisen, indem sie ihr Milieu mitnehmen . . . in Form ihrer Verwandten und Freunde.

Überhaupt ist es ganz gleichgültig, wohin wir reisen: wir gehen ja mit. Können uns nicht zu Hause lassen. Diese Art zu reisen behagt mir nicht. Wenn schon, dann aber in die Zeit.

Ich möchte einen Herrn aus dem vierzehnten Jahrhundert sprechen, ich möchte dem Herrn Menemptar meine Aufwartung machen, dem altägyptischen Dichter, vokalgewaltigen Lyriker, weltberühmten Verfasser des Hymnenzyklus „An das Nilkrokodil", bin aber leider so sehr außer aller Form, daß ich durch keine Vision oder Halluzination den Wackern vor mich zwingen kann. Techniker! her mit der Zeitbahn. Nein, bevor nicht ein Kondukteur, mit dem Globus an der Uhrkette, „Cambrium! Aussteigen!" ruft, früher tu ich nicht mit.

Oh, auch dann nicht, denn kaum so etwas existiert, ist auch der Herr Pollak dabei und läßt im Cambrium seine Butterbrotpapiere liegen. Und das hat es wirklich nicht verdient. Ich sehe schon, es ist besser, ich gehe hier spazieren, auf der Linzer Straße, weil das die zweitlängste Gasse von Wien ist . . . Ich möchte auch die zweitlängste Gasse von Wien sein . . . mir wäre dann leichter.

Was es zu sehen gibt? Nicht viel. Neben einem Laden, in dem Regenschirme feilgehalten werden, steht ein Literaturverschleiß, Papierstreifen posaunen den Ruhm des Buches der letzten Tage, nebenan andere das endliche Eintreffen der neuen Heringe. Die einen mögen das eine geniale Einrichtung der nichtorientalischen Großstadt nennen, die übrigen, Ländlichen, über diese Unordnung verrückt werden. Ich aber weiß nicht, welches die Regenschirme, welches die Bücher und welches die Heringe sind: vor meinen Augen verschwimmen alle Unterschiede, sie werden mir zu minimal, als daß ich in den scheinbar so diversen Gegenständen mehr als geringfügige Abstufungen ein und derselben Materie zu erblicken vermochte . . . Abstufungen, die ewig wiederkehren, während bloß die menschliche Ausdrucksweise wechselt. Denn sage ich, ein Buch aus der Hand legend: „Diesen Hut muß ich schon irgendwo gesehen haben“, oder bringt mich das Verzehren eines falschen Hasenbratens auf die Idee, daß ich es hier mit einem Modetalent zu tun habe, das solcher Anschauungsart begrifflich und stofflich zugrundeliegende ist und bleibt ein und dasselbe, sonst wäre sie unmöglich.

Man glaubt, ich sei paradox? Ich habe bloß von einem Betrunkenen gelernt.

Es war Abend, ich ging die Linzer Straße retour, um mir die Häuser auch in umgekehrter Reihenfolge zu merken, da stolperte eine schwankende Gestalt auf mich zu und fragte: „Wo san mer denn doda?“ Ich antwortete, wir befänden uns auf der derzeit zweitlängsten Gasse Wiens, auf der Linzer Straße. „Dö gibt’s ja gar net“, scholl es zurück. „Sie haben gewiß zuviel Schopenhauer konsumiert, guter Mann?“ „Da schneiden S’ Eahna aber gründli, dös war Zöbinger Riesling“, berichtigte der weinnasige Unbekannte . . . und ich sann darüber nach, ob nicht vielleicht auch Schopenhauer, von Dionysos hinweggerafft, auf seine berühmte Theorie gekommen sei. Ähnlich wie ihn angeblich Lord Byron, ihm vorgezogen, zum Weiberfeind gemacht haben soll.

Die Theorie des Betrunkenen hatte etwas für sich, denn wirklich: nahm man der Linzer Straße die Zeit weg, dann blieb nichts übrig als Materie, die sich hie und da den Spaß erlaubte, sich aus dem Cambrium in die zweitlängste Gasse Wiens zu verwandeln . . . „Wo san ma denn jetzt?“ fragte eine mühsame Stimme. „Auf der Linzer Straße“, ärgerte ich mich. „Scho wieder!“ war die Antwort . . . man mußte vermutlich herben Weines voll sein, um das Gesetz von der ewigen Wiederkehr des Gleichen zu entdecken. Weiser und Wahnsinniger, Wahnsinniger und Trunkener — wo ist da der Unterschied? Ist es mit der Weisheit der großen Philosophen nicht so weit her, jener Bazillus, der Weisheit erregt, am Ende nicht sonderlich verschieden von anderen, nicht so renommierten? Oder sind die orphischen Urworte der Herren nur um so wahrer, weil sie sich jeden Augenblick aus dem durch nichts gehemmten Unterbewußtsein eines vom Weine Entrückten ergießen konnten? . . . Der große Unbekannte machte Halt und versuchte eine Laterne am Umfallen zu verhindern . . . ich Tor ging weiter! Später allerdings bedauerte ich es, mich nicht mit ihm in ein lehrreiches Gespräch eingelassen zu haben, um, wenigstens!

zu erfahren, wieso er auf die Vermutung gekommen sei, die Linzer Straße existiere nicht. Damals, erfüllt von der Freude, von jemandem eines Gespräches gewürdigt worden zu sein, Freude über dies für meine Verhältnisse große Erlebnis, ging ich mit schnellen Schritten heimwärts . . . vielleicht aus Furcht, von einem Wachmann bei dem Betrunkenen ertappt und als Dieb verhaftet zu werden.

Kein Policeman erschien. Aus Vorsicht. Denn es strolchten Plattenbrüder herum, streiften mich nicht ganz rücksichtsvoll, und da der Abend so von Abenteuern gestrotzt, hatte ich mich sogar mit dem Gedanken eines nächtlichen Überfalls befreundet und war bereits entschlossen, dem nächsten Bedrohlichen zuvorzukommen und ihm aus freien Stücken meine Geldbörse und Uhr entgegenzuhalten, mit dem Wunsche, er möge sich fürderhin ihrer bedienen . . .

Es wäre mir nicht leicht gefallen, mich von meiner Uhr zu trennen, der Quelle unzähliger kleiner Lustbarkeiten.

Denn wie oft habe ich in einem Park, wenn es mir zu ermüdend wurde, einen der alten Herrn zu beobachten, welche den ball- oder diabolospielenden Kindern zusehen . . . die Zeit zu gerinnen begann und in die Ewigkeit zu kreisen schien, wie oft habe ich mich da einem der Knaben genähert und ihm zugeredet: „Möchten Sie nicht die Güte haben, mich zu fragen, wieviel Uhr es ist?" . . . Ich glaube, man kann die Höflichkeit unmöglich weiter treiben. Die alten Herren wenigstens drückten durch Stockbewegungen ihr Befremden aus, aber ihr Betragen kümmerte mich nicht, sie waren ja meine Konkurrenten, was das Zeitbieten anlangt . . . und wenn mir ein mutiger Knabe meine Bitte gewährte, was ja manchmal geschah . . . dann ließ ich den Deckel springen und gab chronometrisch genau an, wie weit der Tag vorgeschritten war . . . und mein Vergnügen darüber war nicht geringer als das eines Gefirmten, der zum erstenmal als Zeitkünder funktioniert . . . Es läßt sich daher begreifen, wie ungern ich die Uhr weitergegeben hätte, einen für den Betrieb meines Geschäftes unumgänglich nötigen Gegenstand . . .

Möglich, daß die Strolche justament nicht wollten; vorbeifahrende Straßenpflüge und ihre Lenker, in deren Nähe ich mich hielt, brachten mich in Sicherheit und überhoben mich der Ausführung meines Planes . . .

Wenn einmal ein Tag ereignisreich anfängt, nimmt er gewöhnlich einen nicht minder lebhaften Verlauf: Kanalräumer hoben die Gitter aus und schickten sich herkulisch an, in die Unterwelt hinabzusteigen. Bei ihrem Anblick brach in mir eine alte Wunde auf, die unstillbare Sehnsucht ward in mir wach, Kanalräumersgattin zu sein. Die meisten anderen Frauen ehebrechen des Tages, sie aber können — ohne Gefahr zu laufen, ertappt zu werden — diesem ihrem Berufe des Nachts nachgehen. Ich empfehle dieses Thema der Beachtung unserer Dramatiker, überlasse es ihnen großmütig. Wie ich auch sonst die heimische Industrie zu unterstützen gesonnen bin . . . .

Nein, der Hausmeister, der mich so lang warten läßt, soll nicht mehr über mich zu klagen haben. Als er seinerzeit auf meinem Meldezettel unter der Rubrik Religion: „Griechisch-paradox“, unter Beschäftigung las: „Ich strebe eine kleine Anstellung beim Chorus mysticus an“, soll er in die Worte ausgebrochen sein: „A so a Kampl hat im Dreirösselhaus, was i und meine Frau denken, no nie net gwohnt.“ Er soll nicht zu reden haben. Ich will mich mittels des Straßenverzeichnisses ernstlich, gewissenhaft auf die Fiakerprüfung vorbereiten. Oder noch besser: ich gedenke unter die Erfinder zu gehen. Was ich erfunden habe? Ich werde mir mein Tintenfaß als Fliegenfänger patentieren lassen. Ich teilte die mit mir vorgegangene Wandlung sofort dem Hausmeister mit. Er sah mich verschlafen und unsicher an, nach Erhalt des Sperrsechserls wünschte er mir sogar: „Gute Nacht!“, und holperte auf seinen Schlapfen bettwärts. Aber auf seiner Denkerstirn stand geschrieben: „Was san Sö? Schlafens eahna erst eahnern Rausch aus!“ . . . Erfinder? Das schließt nicht aus, daß ich mich vielleicht schon morgen in die Kleidung eines Cabkutschers oder eines Karfiolslowaken hülle, die Bekanntschaft einer Kanalräumerin zu machen trachte, und ihre eheliche Treue einer Probe unterziehe . . . .

Nein, das werde ich nicht tun, ich fühle nicht mehr die Kraft dazu in mir. Der zweifelnde Blick des Hausmeisters hat meine ganze Energie hinweggenommen! Und als ich im Schein des zusammensinkenden Wachsstengels aus der Visitkarte, die auf der Tür meines Kabinetts mit separiertem Eingang prangt, ersah, daß ich der Herr Karl Tubutsch war, da sagte ich leise, niedergeschmettert, nichts als: „Scho wieder!“ . . . .

Oft in der Nacht fahre ich auf. Was ist? Nichts, nichts! Will denn niemand bei mir einbrechen? Alles ist vorausberechnet. Oh, ich möchte nicht der sein, der bei mir einbricht. Abgesehen davon, daß — meinen Stiefelknecht Philipp und vielleicht noch ein Straßenverzeichnis ausgenommen — bei mir nichts zu holen ist, ich gestehe es offen und ehrlich: ich kenne den Betreffenden zwar nicht im geringsten, aber ich habe es auf den Tod des armen Teufels angelegt. Das Federmesser liegt gezückt, mordbereit auf dem Nachtkastel. Philipp, der Stiefelknecht, wacht wurfgerecht darunter . . . will denn niemand bei mir einbrechen . . . ich sehne mich nach einem Mörder.

Wenn ich wenigstens Zahnschmerzen hätte. Ich könnte dann dreimal „Abracadabra“ sagen, auch das heilige Wort „Zip-zip“ dürfte die gleiche magische Wirkung haben . . . und wenn es mit den Schmerzen selbst dann nicht besser würde, möchte ich keineswegs zum Zahnarzt gehen, nein, die Schmerzen hegen und pflegen, sie nie erlöschen lassen, immer wieder wachrufen. Es wäre doch wenigstens ein Gefühl! Aber meine Gesundheit ist unerschütterlich.

Daß irgendein Leid seine Krallen in mich schlüge! . . . Nur die andern, die Nachbarn haben dies wenig gewürdigte Glück. Hier im Haus wohnt ein behäbiges Ehepaar, beide verdienen hübsch, sie ist erste Verkäuferin in einem großen Modewarenhaus, er Oberpostkontrollor, sie haben ein einziges Kind und lassen sich nichts abgehen. Unlängst ist ihm der Vater gestorben, den er schon zwanzig Jahre bei sich wohnen hatte. Es war in den Ferien, die Leute hätten also Zeit gehabt. Und diese Unmenschen beraumen das Begräbnis für den Vormittag an, stehen in aller Früh auf, damit sie vor halb acht Uhr mit der Elektrischen um sechs Kreuzer auf den Zentralfriedhof fahren können!

Wenn mir wer gestorben wäre, den rechtschaffen zu betrauern ich so Ursache hätte, ich hätte mir zumindest einen Fiaker spendiert. Aber so ist es: den Menschen, die nicht trauern wollen, sterben die Verwandten . . . mir jedoch . . . ich darf nichts erleben, bin sozusagen ein Mensch, der in der Luft steht . .
.

Sechs Kinder sitzen friedlich und brotessend rund herum um einen der Pflasterung beflissenen Straßenarbeiter, drei rechts, drei links, und staunen seinem Werke zu; ich möchte mich auch daneben hinsetzen, schon um die darüber entstehende Verwunderung und Verlegenheit des lieben Straßenräumers zu genießen. Unmöglich. Bei dem heutigen Stande der ärztlichen Wissenschaft würde man mir gewiß meine wirklich bescheidenen Freuden durch eine kleine Internierung stören . . . .

Ich nehme mein Diner täglich in einer Würstlerei ein. Es kommen immer so ziemlich dieselben scharfgeschnittenen Gesichter hin, Kommis, gehetzt und eine Zigarette im Mund, hastige Modistinnen, die nicht einmal so viel Zeit haben, ein Sacktuch fallen zu lassen, wenn es nötig ist . . . arme alte Leute, Reisende oder Fremde, von denen irgendein Körperteil etwas im Krankenhaus zu tun hat . . . es kennen mich fast alle Besucher schon . . . bis auf den buckligen Hausierer, der hie und da durchgeht und Zündhölzelschachteln, Bleistifte, Manschettenknöpfe, Briefpapier und Hosenspanner an den Tischen herumbietet. Wie gesagt, die Menschen kennen mich, aber würde es auch nur einem Mitglied dieser egoistischen Gesellschaft einfallen, mich zu fragen, warum ich in roten Glacéhandschuhen esse? Und ich esse doch bloß deshalb in Handschuhen, damit man mich nach dem Grund dieser Handlungsweise fragt und ich dann antworten kann: „Ich pflege mir in der Zerstreutheit die Nägel zu beißen und damit das nicht geschieht, und sie ruhig wachsen und der Vollendung entgegenreifen können, trage ich Handschuh!"

Ich habe mir die Glacéhandschuh vergebens gekauft. Sie halten mich entweder für zu verrückt oder für zu fein, als daß sie es wagen würden, mich anzusprechen . . . Niemand forscht mich aus, nicht einmal Thekla, die bleiche, schwarzlockige Kellnerin, die mich täglich fragt, ob ich Gurken, Senf oder Krenn zu den Würsteln haben wolle . . . . Thekla, der ich immer drei Kreuzer hinschiebe, nicht einmal sie erleichtert mein Gemüt durch eine so naheliegende Frage, obgleich sie doch gewissermaßen dazu verpflichtet wäre.

Ich fürchte, das wird noch einmal traurig mit mir enden. Ich gleite in immer zweideutigere Sphären hinab. Gewiß: Leute, die mit moral insanity begnadet sind, Verbrecher, von dem großen Kannibalen Napoleon angefangen bis zu dem unösterreichisch aggressiven kleinen Kind, das eine serbische Zwetschge stiehlt und, von dem Söhnchen des Greislers verfolgt, zuerst „Mutter!" ruft, dann aber, jedenfalls die Beute zu sichern, sie in den Mund steckt: sie alle sind von der Natur mit Recht begünstigte Wesen, meist mit Gewissensmangel und jede Reue ausschließender Gedächtnisschwäche gepanzert. Auch das, was darwinferner Schwachsinn den Materialismus unserer Zeit nennt, der Amerikanismus, die bewunderungswürdigen Trustlöwen, sie sind moralisch berechtigt wie die Verzehrung von Ochsen, wie die Existenz von Kamelreitern beim Vorhandensein von Reitkamelen. Was man aber nicht zu rechtfertigen vermag, ist: anderen Leuten die kostbare Zeit stehlen und Unheil stiften, ohne selbst daraus Nutzen zu ziehen. Aus langer Weile, um unter Menschen zu kommen und sie kennen zu lernen, bin ich zu Prinzipalen hinaufgegangen, die annonciert hatten . . . mich vorstellen als Hausknecht, Mittelschullehrer, Buchhalter, Graveur, Korrespondent, Hofmeister, Kammerdiener usw.

Und nach langem unklaren Hin- und Herreden, bis die Leute ganz verwirrt waren, empfahl ich mich stets mit den Worten, ich wolle es mir überlegen, und eventuell ein zweites Mal vorsprechen. Ein Nachsichtiger könnte das vielleicht noch einen relativ harmlosen Ulk heißen. Verwerflicher, boshafter, heimtückischer ist es schon, wenn sich einer absichtlich auf gewissen den Liebespaaren geweihten Banken niederläßt, nichts dergleichen tut, wenn es noch hell ist, Zeitung liest und die Verzweifelnden zum Aufbruch nötigt . . . bei der geringen Anzahl der Sitzgelegenheiten gleicherweise gehaßt von den tschechischen Ammen, die sich nur auf den Bänken des Kaiser-Wilhelm-Rings schwängern lassen . . . von den langen Bosniaken des Votivparkes wie von den Deutschmeistern der Augartenanlagen gefürchtet, dieses Spiel bis tief in die Nacht hinein fortsetzt. Angeblich um Daten zu sammeln für eine Statistik über die Zeit, die zwischen dem ersten Kuß und der Umarmungspremiere verläuft . . .

Man wird fragen, warum ich nicht diese schalen Vergnügungen sein ließ und mir nicht selber etwas leichteren Zeitvertreib gönnte? Hat es schon sein Vorteilhaftes, Besitzer eines Hundes zu sein, wegen der Fülle damit verbundener zeitverzehrender Beschäftigungen, wie weit werden diese simplen und harmlosen Genüsse, die ein armseliges Tier zu gewähren vermag, durch jene überstrahlt, welche die Gesellschaft eines Weibchens verschafft. Ich wende ein: wenn selbst ein homerischer Held satt wird „des Schlafes sogar und der Liebe, auch des Gesanges und fröhlichen Reigentanzes", was für Gefühle und Müdigkeiten soll da erst unsereiner zu registrieren haben?

Noch gellen mir in den Ohren die in den Momenten der Verzückung hervorgestoßenen: „Ah“, „Oh“, „Jessas“ und „Hast du mich auch wirklich lieb“ der Wienerinnen — wenn es Lyrikerinnen sind, sagen sie vermutlich: „Tandaradei!“ . . . Die „Jaj“, „Joj“ und „Juj“ der Ungarinnen, ich höre sie, auch wenn ich mir die Ohren zuhalte. Die Berlinerin himmelt: „Schmeckt schön!“

Die einzigen, die nichts redeten, waren die Zigeunerinnen; aber man tat gut daran, wenn man sich ihnen in Liebe nahte, die Uhr zuhause zu lassen . . . und konnte dann noch von Glück reden, wenn Trántire und Chnarpe-diches einen nicht als Vater ihrer Kinder angaben, die von Rechts wegen dem ganzen Offizierskorps der nächsten Garnison hätten ähnlich sehen sollen . . . Ja, noch eine war so vernünftig gewesen, zu schweigen . . . Marischa, die Frau des Dorfrichters von Popudjin.

Sie liebte, wie sie sich einen Riegel Brot abschnitt. Alle ihre Bewegungen waren von einer maschinenmäßigen Sicherheit. Unvergeßlich wird es mir bleiben, wie wir uns zum erstenmal fanden. Es war am Morgen nach ihrer Hochzeit, von der ich nichts wußte, sie, mir unbekannt, mähte auf taufeuchter Wiese, im Vorwärtsgehen sich in den Hüften wiegend . . . die kurzen, ihre Waden freilassenden Röcke kamen nie aus dem Schwung . . . ich schlenderte vorbei und konnte es nicht unterlassen, mich zu ihr zu neigen und dem schönen, frischen Weib blühende Wangen und Kinn zu streicheln. Sie wurde rot, wehrte mir aber nicht: der Tod stand hinter mir, der Bauer mit der Sense. Doch ich hatte gerade noch die Geistesgegenwart, zu sagen: „Frau, also ich darf mir heut nachmittag die Maulbeeren in ihrem Weingebirge selbst holen?“ Der Bauer glotzte wie ein Ochse. Sie, sich noch tiefer bückend, als wolle sie mir etwas auf den Boden Gefallenes suchen helfen, bejahte, und am Nachmittag waren im Weinberg nicht bloß die Maulbeeren anwesend . . . Und wenn ihr Mann und ihre Mutter auf der Wallfahrt weg waren nach Sassin, dann ließ sie mich’s wissen, und ich schlich zu der Stallduftenden ins Zimmer, dann in der Dunkelheit, im Hof mich in acht nehmend vor dem Düngerhaufen rechts und der Jauche links, nach Hause — die gefahrvolle Liebe zwischen Jehangir Mirza und der Maasumeh Sultan Begum zu besingen . . .

Die Begeisterung aber mußte bald erlahmen an dem niederdrückenden Widerstreit kleinlicher Schicksale mit ungeheuren Gefühlen und Vorstellungen; es ist ja auch ökonomisch auf die Dauer unmöglich, Ambrosia zu fabrizieren, während man selbst Kot fressen muß . . . Außerdem die unglückliche Begabung, selbst bei dem geliebtesten Weibe das Skelett zu sehen, wodurch wohl die Umarmung ein oder das andere Mal schluchzender werden kann, schließlich aber maßloses Grauen mich vom Weibe scheiden mußte . . .

Man gehe mir mit der Liebe! Eher möchte ich mir einen Hund halten. Die Hausmeisterin, kinderlos, hat einen, den ich hochschätze. Junger Zwergbulldogg, hält im Hof Cercle unter den Kindern; wenn sie ihm Rüben, Kalbsleber oder Würsteln bringen, hört er auf die Namen Schnudi, Puffi, Bubi und noch einige andere. Will wer bloß schön tun mit ihm, ignoriert der Yankee alle Zurufe, wird man zudringlicher und ist man etwa eine alte Witwe, die ein Rosamascherl an seinem Hals befestigen möchte, knurrt er Warnung und schnappt zu. Seine unbegrenzte Reaktionsfähigkeit, sein jugendfrisch-stiermäßiges Zufahren auf jedes ihm vorgehaltene Taschentuch oder Papier, nicht zum letzten seine vorbildliche Selbstgenügsamkeit haben ihn zu meinem Ideal gemacht. Er vermag es, stundenlang dazuliegen und ohne jede Spur von langer Weile ein und denselben Knochen zu hypnotisieren, empfindet kein Bedürfnis nach irgendeiner Wandlung, kein Lehrer sagt ihm ironisch: „Sie werden es noch weit bringen", er weiß es so tief, daß es ihm gar nicht mehr zum Bewußtsein kommt: niemand kann es weiter bringen als zu sich!

Ich jedoch muß, wenn es mir zu fad wird, „Ich" zu sein, notgedrungen ein anderer werden. Gewöhnlich bin ich Marius und sitze auf den Ruinen von Karthago; manchmal aber bin ich der Echsenklumm, unterhalte Beziehungen zu einer Opernsängerin, gewähre dem Chefredakteur Armand Schigut bereitwilligst ein Interview über den Handelsvertrag mit Monaco, verbiete meinem Kammerdiener Dominik — dargestellt durch den Stiefelknecht Philipp — jemanden vorzulassen, die Baronin Zahnstein ausgenommen . . . und kaum mir das ewige Durchlaucht hin, Durchlaucht her auf die Nerven geht, werde ich eine gefeierte Diva, haue meinem nichtswürdigen Direktor, dem ich das schon lange gewünscht hab, eine herunter oder appliziere ihm einen Sessel. Um mich von dieser ungewohnten Anstrengung zu erholen, wollte ich gerade der Dichter Konrad Seltenhammer werden und im Cafe „Symbol" schweigend eine Zigarette rauchen. Als mich der Stiefelknecht unterbrach. Er hatte es satt, immer die Diener, Direktoren, Ruinen von Karthago, Zigaretten darzustellen, sehnte sich danach, auch einmal Fürst, Heroine, dramatischer Schriftsteller zu sein.

„Stiefel", . . . sagte ich zu ihm, „Stiefel! Hochmut kommt vor dem Fall." „Meister", sagte er, „Meister! Ich bin kein gewöhnlicher Stiefelknecht!" „Das ist selbstverständlich. Ein Stiefelzieher, der in meinen Diensten steht, ist eo ipso mehr kein gewöhnlicher Stiefelzieher." „Ich meinte es nicht so." „In deinen Fasern stockt Götterblut? Bist du eine verzauberte Prinzessin oder gar jener Stiefelzieher, den Zeus der Hera insinuierte?" „Das nicht, aber immerhin aus einer alten Familie. Wisse: ich stamme in gerader Linie von dem berühmten Stiefelzieher ab, den Mithridates verschluckte, um seinen Magen gegen alle Gifte zu feien." „Der muß seinen Herrn genau so sekiert haben, wie du mich, daß er zu dieser Verwendung gekommen ist." Philipp verbat sich alle derartigen Anspielungen auf die Schicksale ebenso verdienstvoller als erlauchter Ahnen. „Sonst kündige ich schonungslos. Ohnehin bin ich als Präsident in Aussicht genommen für den demnächst in Amerika stattfindenden I. Internationalen Stiefelzieherkongreß. Roosevelt selbst . . ." „Roosevelt?" „Ich meine den Stiefelzieher Roosevelts. Wir nennen ihn Roosevelt, der Kürze wegen . . . er hat mich eingeladen zu präsidieren . . . eben wegen meiner Eigenschaft als Nachkomme eines berühmten . . . oder glaubst du, der Stiefelzieher des Herrn Tubutsch . . .?" „Ja, wie kommst du denn nach Amerika, o Stiefelknecht meiner Seele?" „Mein Leib, mein schlechter Leib bleibt hier liegen, mein Geist schwingt sich auf, entfliegt, kriecht in einen Leitungsdraht und ist im Nu drüben. Früher waren wir schlechter dran, Blitze sind nicht immer zu haben und auf den Vagabunden, den Wind, war kein Verlaß, der hat uns immer justament dort abgesetzt, wo wir absolut nicht hinwollten . . . am Tanganikasee oder auf den Fidschiinseln . . . wo weit und breit keine verwandte Seele zu treffen war . . ."

Es schmeichelte mir, mit einem Wesen in Kontakt zu sein, durch das ich dem Präsidenten der Vereinigten Staaten gewissermaßen sehr nahe stand, wir schlossen also miteinander einen Pakt, dem nach wir von nun

an in den Hauptrollen abwechselten. Er war der Greisler, der: „Heut ham mer aber an fein Primsenkas!"
sagte, ich die Kunde, die achselzuckend ein Stück davon kostete. Dann war wieder ich das Elefantenbaby
. . . im Kreise rund herumlaufend . . . und er das „Nein! wie lieb!" rufende Kind; endlich er der
Baumstamm, mit einem Hut auf einem Ast donauabwärts treibend bis ans schwarze Meer, ich der über
ihn fluchend ins Wasser gefallene Ruderer, die Wasserratte, die zwischen den Wurzeln haust oder die das
Billett des Baumstammes auf seine Gültigkeit prüfende Fischotter. Bis die Unmöglichkeit, durch eine
wenn auch noch so große Willensanstrengung mir selbst und den anderen Leuten meine Verwandlung in
den Fürsten Echsenklumm oder in die Wasserratte auch äußerlich wahrnehmbar zu machen, mir die Lust
an diesem Spiel verdarb. „Philipp!", sagte ich, „Komm her." Philipp kam, wenn auch widerstrebend, als
schwante ihm Unheil. Ich schlug ihn sorgfältig in braunes Packpapier ein und ging spazieren. Aber
niemand der Vorübergehenden wollte mich fragen, was in dem kleinen braunen Paket enthalten sei. Und
ich hatte doch schon eine kleine Rede vorbereitet: „Meine Damen und Herren! Hier sehen sie durchaus
nichts Gewöhnliches! Ein sprechender Stiefelzieher! Er stammt ab von dem Stiefelknechte seiner
asiatischen Majestät, des Königs Mithridates von Pontus . . . demnächst wird er dem I. Internationalen
Stiefelzieherkongresse präsidieren. Roosevelt selbst . . ." Niemand war neugierig und aufdrängen wollte
ich mich nicht . . . daß ich unbefragt blieb, wäre möglicherweise noch zu ertragen gewesen, doch seitdem
ich so treulos an ihm gehandelt, seine Geheimnisse zu profanieren gesucht, verstummte Philipp . . . seine
Seele war wohl für immer nach Amerika ausgewandert . . . ich war wieder allein . . .

Früher träumte ich vom Ruhm. Er wurde mir nicht zugestellt. Und was blieb, waren Sarkasmen gegen die
Glücklicheren. Darin war ich seit jeher groß. Als ich nichts mehr in mir zu zerfressen hatte, zerfraß ich
andere. Nun bin ich schwächer, milder geworden. Wie gesagt, ich schreibe mit Bleistift. Meine Nahrung
ist zart wie die eines Kranken. Einen ganzen Vormittag brachte ich unlängst damit hin, einem General
zuzuschauen, der auf der Mariahilfer Straße vor jeder Auslage stehen blieb, ob es nun ein Wäschegeschäft
war oder ein Friseurladen. Es war nach den Manövern. Ich fühlte weder Schadenfreude noch Mitleid;
stand bloß und sah zu, so lang, bis ich der General war und mich fähig fühlte, die Rolle zu übernehmen,
die er des weiteren durchzuführen hatte. Die Art, wie er den Säbel hob, um nicht das Pflaster zu streifen,
sonst eine Reflexbewegung, war unsäglich traurig . . . . Am nächsten Tag vertiefte ich mich ebensolang in
eine Dohle, die vor einem Blumengeschäft in der Weihburggasse auf und ab, rastlos auf und ab trippelte.
Die gestutzten Flügel, gebrochen, streiften den Schmutz der Pflastersteine. Und hatte einige Tage vorher
noch den Stephansturm umkreist oder eine Brigade kommandiert . . . Ich hätte sehr gern eine
Zusammenkunft zwischen dem General und der Dohle vermittelt. An so große Unternehmungen aber
wage ich mich nicht mehr, seitdem mir die letzte so mißglückt ist . . .

Ich kam auf meinen Fahrten häufig an einem Gasthaus vorbei, dessen Wirt mit dem Vornamen Dominik
heißt. Nun ist der Vorname Dominik unter Wirten kein seltener. Warum? Das ist unergründlich. Dadurch
jedoch, daß ich so oft an dem Schild dieser Weinstube vorüber mußte, spannen sich nach und nach
Beziehungen zwischen mir und seinem Inhaber. Nicht, daß ich den Wirt je gesehen hätte, Gott bewahre!
derart realer Vorbedingungen bedarf es bei mir nicht . . . Aber als ich eines Tages in den Kalender sah, da
fand ich, daß gerade sein Namenstag war. „Heute solltest du aber doch einmal zu ihm hineinschauen",
dachte ich und zog mir die roten Glacéhandschuhe an. Ich trat ein. Es geschah nichts von dem, was ich

erwartet hatte. Ein Mann in einer blauen Schürze, das Abwischtuch auf der Schulter, der Hausknecht, bediente mich. Ich warte und warte, um des Geehrten ansichtig zu werden. Er kommt nicht. Überhaupt nichts dergleichen. Ich werde ungeduldig und will schon bald gehen und frage den Hausknecht, wo sein Herr bleibt. Der Kerl zögert mit der Antwort, ich sage es ihm auf den Kopf zu, der Wirt habe vermutlich Brauereizahlungstag und sei ausgerückt. So kam es ans Licht: der Gastwirt war verräterischerweise zu einem Heurigen gefahren, hatte an seinem Ehrentage sich entfernt, um bei einem anderen Wirte, also sozusagen bei sich, zu zechen. Die Vorstellung ist gewiß urkomisch und das Sujet eines Niederländers würdig: ein Wirt, der bei einem anderen Einkehr hält. Aber ich hatte Zeit und Geld geopfert und war doch nicht zu jener Erfüllung gekommen, die ich ersehnt hatte. Als wollte mich das höhnende Schicksal, das so gern dem Kleinen alles nimmt, um dem Großen noch mehr zu geben, meiner geringen Erlebnisse, des ungeheueren Anblickes eines seinen Namenstag feiernden Wirtes, berauben! Komisch, doch typisch, denn derartige Vorfälle wurden wiederholt gegen mich ausgespielt. Vielleicht, um mich des Lebens Unfähigen durch solch „feines Positionsspiel" herauszuekeln. Ich rede nicht davon, daß ich früher, als ich noch Bekannte hatte, sie oft monatelang nicht sah, dann wieder eines Tages sie sich offenbar zu dem Zwecke zusammengetan zu haben schienen, mir durch eifriges Grüßen zumindest eine Armlähmung zu verursachen. Es gibt bessere Beispiele.

Vor Jahren, da ich etwas lebenslustiger war, der erschütternde Tod der zwei Fliegen Pollak sich noch nicht zugetragen hatte und also auch noch nicht mir zum Mahnwort geworden war, mich vor dem Fatum ruhiger zu verhalten, damals hatte ich über alle Bedenken hinweg einen Anlauf genommen und einen Spazierstock erstanden. Um auf Abenteuer auszuziehen. Ohne Spazierstock geht das nicht. Ebensowenig wie ein Ritter seine um Jungfrauen geführten Kämpfe mit Riesen, Zwergen und Drachen ohne Tartsche unternommen hätte oder mit einem Sattel, der noch keinen Namen hatte.

Ich knüpfte eines Sonntags zum ersten und letzten Male die Krawatte mit jener Sorgfalt, wie sie vergleichsweise höchstens die Propheten auf das Gürten ihrer Lenden verwendet haben dürften, und fuhr mit der Tramway nach Sievering hinaus. Keine kleine Wollust, an den Haltestellen vorbei zu sausen, während andere starr bei ihnen stehen bleiben mußten. Bei der Billrothstraße stieg leider ein entfernter Bekannter ein, Snob durch und durch, aus der Tasche protzte ihm ein französisches Buch, ein Band Balzac. Ich verwies es ihm scherzend, in die freie Natur gebundene Bücher hinauszuschleppen, noch dazu solche, die allgemein getragen würden, machte ihn darauf aufmerksam, daß nur das noch nicht Moderne wahrhaft wert sei, von ihm kolportiert zu werden, er jedoch mißverstand meine Absicht und zerrte mich in ein längeres Gespräch, über das Ende Balzacs, wie die Sand Musset, Friederike den Goethe betrogen haben solle, und o Idylle von Sesenheim! als Pfarrerstochter selbstredend ein Kind von einem Theologen zur Welt gebracht hätte — das heißt, wenn man Lenz und einige französische Grenzoffiziere vernachlässigt . . . Wahrheit und Dichtung!

Wir sprachen über das Weib . . . wie jedes mit Vernunft oder Phantasie geschlagene männliche oder weibliche Wesen an sich eifersüchtig sein und außerdem notwendig von den tierischen Ahnen ererbte Eifersucht leiden müsse . . . kamen vom Hundertsten ins Tausendste, und erst als es zu spät war, der Wald uns bereits aufgenommen hatte, tat der Unselige den Mund auf, um mir mitzuteilen, daß ich das Wichtigste versäumt habe. In der Tramway hätte ein fesches junges Mädchen meinen Witzeleien gelauscht, die ganze Zeit hindurch vorläufig ihre Blicke auf mir ruhen lassen, sei auch nachher uns noch ein hübsches Stück gefolgt, schließlich aber, da sie nicht gut mich ansprechen konnte, abgefallen. Vom Weibe — sprach ich, bis, zwei Schritte entfernt, lachend, sich wiegend und tänzelnd und blühend in seiner Pracht das Leben davonging! . . . Als sollte es daran nicht genug sein, da wir auf engem Pfade einer entgegenkommenden Liebeseinheit ausweichen wollten, stieg mir das Weibchen davon auf den Spazierstock, den ich elegisch nachschleifen ließ: der Stock brach — ein deutlich warnender Wink von oben, den kaum betretenen Steig alsogleich zu verlassen . . . Auf einer Wiese nicht weit davon konnte ein sechzehnjähriges schlankes Fräulein, von der Mama begleitet, nichts tun als Herbstzeitlose pflücken. Ich folgte ihrem Beispiele . . .

Ich lebe immer in der Erwartung eines Ungeheuerlichen, das da kommen soll, eintreten, einbrechen soll bei mir. Ein Orang-Utan etwa, ein Auerhahn mit glühenden Augen oder am besten ein wütender Stier. Dann aber fällt mir ein, daß der ja gar nicht durch die Tür könnte, und ich lasse meine übergroßen Hoffnungen sinken . . . Wenn jemand läutet, erscheinen alle Nachbarn bei den Türen, auch ich gehe sofort an die Pforte meines Kabinetts mit separiertem Eingang . . . falls mich einer meiner alten Freunde aufsuchen sollte, bereit, den Überzieher umzunehmen und mit ihm spazieren zu gehen oder aber, wenn er es wünscht, ihm die Sehenswürdigkeiten meiner Wohnung zu weisen: meinen Stiefelknecht Philipp und — mit umflorter Stimme — die zwei Fliegen Pollak . . . Ungeheures oder doch Angenehmes erwarte ich: wenn ich öffne, hat es meistens nebenan geläutet. Oder aber es ist ein Bettler. Denen gebe ich nichts. Erstens habe ich selber nichts, zweitens, wenn man ihnen etwas gibt, gehen sie sofort weg und lassen einen stehen. Und das ist durchaus nicht meine Absicht . . . Auch andere Leute sind leider so rücksichtslos, läuten an, und dann, wenn sie ihre Auskunft haben, gehen sie fort. So letzthin . . . Klingelt es in aller Früh, ich ziehe mich hastig und unvollständig an, mache auf, stehe im Zug: ein Mann ist draußen, der fragt, ob ich der Herr sei, der das Kristallöl bestellt habe? Ein anderer hätte fluchend die Türe zugeschlagen, ich bin höflich, antworte unvorsichtigerweise: „Nein!", gebe aber nichtsdestoweniger meine Absicht zu erkennen, mich mit ihm in ein Gespräch einzulassen . . . schon wegen der Seltsamkeit seines Metiers. Kristallölausträger . . . er jedoch dreht sich brüsk um, wendet mir den Rücken zu und schreitet die Stiege hinauf . . . und ich muß mich zusammennehmen, daß ich nicht bei dieser Gelegenheit infolge all der erlittenen Enttäuschungen zusammenbreche . . .

Jehangir Mirza sagt: „Wie ein unkörperlicher Schatten schwanke ich hin und her, und wenn mich nicht eine Wand unterstützt, falle ich platt zur Erde." Eine Wand stützt mich nicht. Mir scheint, mir wird auch so etwas passieren wie ein Fall zu Boden . . . Nein, ich halte es nicht mehr aus! Was fesselt mich noch?

Schnudi, der kleine Zwergbulldogg, ist nicht mehr. Ein alter Mann mit stechendem Bart, einem Pinkel auf den Schultern . . . Ahasver . . . ist in den Hof gekommen, hat sein „Handlé" gerufen, die Ankunft des Fremden scheint den Hund irritiert zu haben, er fuhr los. Der Hausierer ruft eins, zweimal „Marschierst?", der Hund hört nicht, schnappt nach den Beinen des Eindringlings. Der spuckt ihm dämonisch zwischen die Augen, und der Hund dreht sich wie wahnsinnig im Kreise herum, mit der kurzen Zunge bemüht, den Fremdkörper über der Nase zu entfernen. Es gelingt ihm nicht, der Hausierer geht weg, der Hund dreht sich weiter, seine Augen sehen nichts mehr, sind blind von der rasenden Jagd, Schnudi, Schnudi mit dem Rosamascherl dreht sich weiter, weiter . . . bis er erschossen werden muß . . . Nun habe ich niemand mehr. Einen Einspännergaul sah ich an, ob er nicht mit mir reden mag . . .

Ich wette: er wollte nur nicht mit mir im Gespräche gesehen werden. Mit andern, glaub' ich, hätte er nach einiger Anstrengung reden können . . .

Was hält mich ab, dem allen ein Ende zu machen, in irgendeinem See oder Tintenfaß zur ewigen Ruhe einzugehen oder die Frage zu lösen, welchem irrsinnig gewordenen Gott oder Dämon das Tintenfaß gehört, in dem wir leben und sterben, und wem wieder dieser irrsinnige Gott gehört? Zu irgendeiner Marischa, und sei sie wer sie sei, jedenfalls zu einer Dirne, Unreinen oder Ehebrecherin zu schleichen, dabei sich in Acht nehmen vor allerhand . . . dem Düngerhaufen rechts und der Jauche links . . um dann daheim die leidvolle Liebe zwischen Jehangir Mirza und der Maasumeh Sultan Begum zu besingen . . . wäre das wirklich ein so großes Vergnügen, Ambrosia zu fabrizieren, während man selbst Kot schlingen muß? Und wenn man ein Dichter wäre, man ist noch immer nicht mehr als ein geborener Tierstimmenimitator. Und bist du ein Meister des Wortes, der Worte fand, voll wie das Brüllen des Stieres: ein Bettler bist du und läßt nachahmend aus dir erschallen die Stimme des über Pferde herrschenden Fürsten und jene des aus einer schwarzen Puppe sich aufwärts, lichtwärts schwingenden Schmetterlings, wenn es nicht gar die Stimme eines andern Dichters ist — alle Stimmen läßt du aus dir erschallen, o Tierstimmenimitator, um die eigene Leere zu übertönen, deinen Mangel an einer eigenen Stimme . . . Was weile ich noch? Ab! bevor ich noch zum gichtbrüchigen Schuster werde . . . Wozu noch weiter den entnervenden Widerstreit kleinlicher Schicksale mit ungeheuren Gefühlen und Vorstellungen hinunterwürgen?

Das Leben. Was für ein großes Wort! Ich stelle mir das Leben als eine Kellnerin vor, die mich fragt, was ich zu den Würsteln dazu wolle, Senf, Krenn oder Gurken . . . die Kellnerin heißt Thekla . . . Beschränkt sind die Möglichkeiten, immer aber die großen Worte . . . Eine Diskrepanz für viele. Einst war ich zur

Simultanvorstellung eines berühmten Schachspielers geladen. Der Produktionssaal ein dumpfer stickiger Raum voll von Tabakdampf. Plötzlich erschallt der Ruf: „Der Meister naht!" Wer tritt ein? Wegstehende, dünnschalige Ohren, ein beschränkt aussehender Mensch in einem abgetragenen Anzug. Das kurze, blaue Röckchen war aber gewiß nicht abgetragener als sein Gesicht. Haha! der Meister naht . . .

Was erübrigt denn noch zu tun? Nicht viel. Ich hatte früher einmal einen Bekannten, der besaß seinerseits wiederum einen Kollegen, mit dem er in die Tertia gegangen war. Dann wurde dieser Kollege meines gewesenen Bekannten seiner Indolenz, seines geringen Bestrebens wegen, noch mehr Ochs zu werden, als er ohnehin war, und dadurch Wohlgefallen zu finden in den Augen der Professoren — er wurde aus der Schule genommen und in eine Fleischbank oder Schusterwerkstätte gesteckt? Nein, zufällig in ein Weingeschäft. Er traf einige Wochen nachher am Kai meinen Bekannten — Waldemar Tibitanzel hieß der und machte ungedruckte Gedichte — und berühmte sich vor ihm, nach so kurzer Lehrzeit schon binnen weniger Minuten hundert Jahre alten Bordeaux herstellen zu können. Es ist gewiß zu bedauern, daß der hoffnungsvolle Jüngling traumschnell auch aus dieser Laufbahn glitt. Bei seinem Genie hätte er uns gewiß in Bälde mit einem Bordeaux zu bedienen vermocht, der aus der Ewigkeit stammte, wenn nicht gar aus dem Cambrium.

Das tat er aber keineswegs. Der Wandlungsfähige tauchte als Erzengel im Burgtheater auf. Mein Bekannter sah ihn knapp hernach auf dem Graben wieder. Waldemar Tibitanzels Barttracht hielt künstlerisch zwischen Christusbart und Mädchenkinn gleicherweise die Mitte, und ein genauer Beobachter hätte die der Wahrheit nahekommende Vermutung ausgesprochen, er sei nicht rasiert. Von den Schnallen seiner Schuhe war die schwarze Politur abgefallen, gelbes Messing kam zum Vorschein, und so auch in der geringfügigsten Kleinigkeit offenbarte sich der desolate Zustand seiner Finanzen und sein Österreichertum. Der Erzengel, scheinbar vertieft in sein eigenes glattrasiertes Gesicht, ignorierte nun schon perfekt den Ungedruckten, der sich tags darauf bitter bei mir beklagte. Und ehe noch eine Woche ins Land gegangen war, starb Waldemar Tibitanzel, mitten in einem Trauerspiel in fünf Aufzügen.

Wenn ich morgen den mir unbekannten Weinpantscher und Mimen zur Rechenschaft ziehen werde für längst vergangene Sachen, so tue ich das aus sowas wie Solidarität, kurz es handelt sich hier um rein prinzipielle Dinge . . . und nicht bloß um derartige Velleitäten . . . Denn ich, mein Gott, selbst früher, als ich noch König war und viele Leute auf meinen Gruß lauerten, grüßte ich für meine Person nicht regelmäßig. Ich grüßte einmal doppelt, mit tiefer Verbeugung, das andere Mal in einer Art Willenslähmung gar nicht, und wenn sich die Leute nicht damit zufrieden gaben, die doppelte Portion und die nicht erhaltene zusammenzulegen und auf zweimal zu verteilen, sondern über mein ungeschlachtes Benehmen brummten, kümmerte ich mich blutwenig um diese Fliegen.

Wenn ich morgen meine Sekundanten — und sollte ich keine anderen finden: meine Schicksalsgenossen und Wahlbrüder: den alten Schuster und den Huterer zu dem Erzengel hinaufschicken werde, liegt da ein ganz anderer Fall vor. Ich will sterben und bei dieser Gelegenheit einen zweiten Menschen, den ich in seiner Nichtigkeit erkannt habe, abdrehen, wie man einen giftigen Gashahn abdreht, wie Ahasver den inferioren Zwergbulldogg Schnudi abdrehte . .

Sollte ich am Leben bleiben, was ich nicht hoffe, so vermache ich trotzdem meinen Stiefelknecht Philipp und ein gewisses Tintenfaß demjenigen, der sich darum meldet; unter mehreren Bewerbern sollen bei sonst gleicher Qualifikation parfümierte Wachleute den Vorzug haben. Bevor ich aber die Kurbeldrehung setze und mich aus der Kurve hinaustragen lasse, an einem Meilenstein zu zerschellen, bevor ich mich aufmache in jenes ferne Land . . . die Rouleaux endgültig fallen und mir die Aussicht auf die Linzer Straße entziehen werden, will ich noch einen Anlauf nehmen und dem auf der Plattform eines Wagens ängstlich herumlaufenden Pintscher Antwort bellen, mit den sechs Kindern um den Straßenarbeiter herumsitzen, den Schuster Engelbert Kokoschnigg fragen, warum er das Schild „Zu den zwei Löwen" führt, die Grünzeugfrau, ob sie Witwe ist, und wenn nicht, warum sie den erbsenpickenden Spatzen duldet — ich neide ihm sein sorgenloses Dasein! Ich werde des Wirtes Dominik ansichtig zu werden versuchen, mich in dem flügellahmen Raben in der Weihburggasse betrachten, und wenn ich in der dazugehörigen Stimmung sein sollte, in einem speziellen Falle eigenohrig die Frage lösen, ob die Lyrikerinnen wirklich „Tandaradei" sagen. Mehr Freuden gewährt ja das Leben nicht . . . Man glaubt, ich sei lustig? Ja! Herzzerreißend lustig! Dies alles ist nichts als Galgenhumor. Und Furcht. Scheint mir nämlich das Leben aus derartigen Nichtigkeiten, wie ich sie vorhabe, zusammengesetzt zu sein, wie wenn der Tod mir zum Possen eine adäquate Rolle spielen wollte? Mich enttäuschte. Der Tod, vormals der Bauer mit der Sense, ein grober Flegel immerhin, aber als solcher eine respektable, durch zahllose Bilder sehenswerter Maler akkreditierte Persönlichkeit, er nimmt in meiner Vorstellung immer komischere Gestalten an. Ich sehe ihn nicht als schwarzen Ritter, er kommt als nahender Meister, oder ein Clown tritt auf, steckt die Zunge heraus, sie wächst ins Unendliche und durchsticht mich . . . ich sehe den Tod als Kondukteur, der meinen Fahrschein einzwickt, für ausgenutzt erklärt, nicht warten will bis zur nächsten Haltestelle, mich zum Aussteigen drängt . . . mit eines tschechischen Akzentes nicht entbehrenden Worten . . . ich sehe ihn als rohen Jungen, Fledermäuse annagelnd, als Laternen auslöschenden Studenten, Reichstag auflösenden Minister, und jüngst sah ich den Tod gar als Motorführer. „Dem Wagenführer ist es verboten, mit den Fahrgästen zu sprechen." Die Übereinstimmung ist auffallend . . .

Ich glaube, ich würde es nicht ertragen, wenn mich auch noch der Tod mit einer Enttäuschung abspeist . .
.

Eine tiefe Apathie und Gleichgültigkeit hat mich befallen, meine Seele ist jedes höheren Aufschwunges unfähig, seit langem vermied ich es, Goethe zu lesen, weil ich mich im tiefsten Innern seiner unwürdig fühlte. Und nun soll mir ein strahlender Tod entgehen, Freund Hein mir zusammenschrumpfen zum Spottbild? Wäre das gerecht? Mag dem sein wie ihm wolle, mir bleibt nichts anderes übrig, ich werde von dannen gehen, die Erde, dieses Kabinett mit separiertem Ausgang! verlassen, verlassen . . . Was ist denn soviel dabei? Rouleaux fallen . . . man sieht nichts von der Straße . . . Wie ich mich darauf freue! Wozu sich fürchten? Ich werde einen Anlauf nehmen und hinüberspringen. Oder sollte ich doch bleiben? Allen Leuten geht es gut. In den Auslagen der Greisler stehen Dalmatinerweine. Das war früher nicht. Ich aber besitze ja so gar nichts, nichts was mich im Innersten froh machen könnte. Ich besitze nichts als wie gesagt — mein Name ist Tubutsch, Karl Tubutsch . . .